【mystery】（英文）

①神秘的事情、謎團。

②推理小說、懸疑作品。

【推理】

根據已知的證據去推敲還未知道的事情。

歡迎進入推理愛好者的人生——

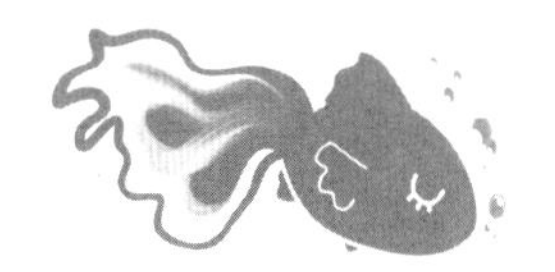

放學後懸疑推理學會

1 金魚泳池事件

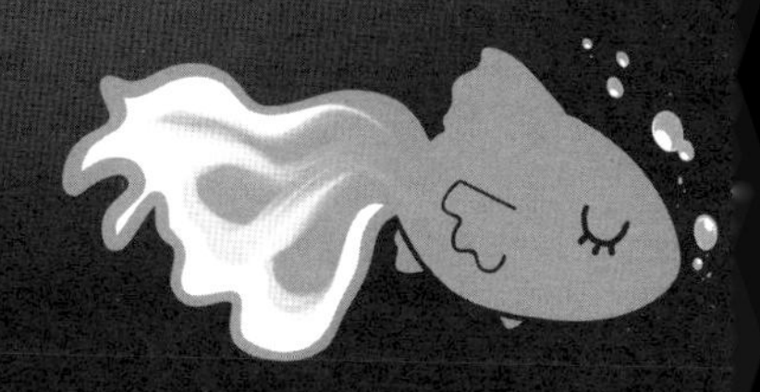

知念實希人 著

Gurin. 繪

新雅文化事業有限公司

www.sunya.com.hk

他是這個故事的主角，平凡的小四學生，但好像擁有一些特殊技能……

她運動全能，是班上受歡迎的人，自幼跟阿理一起長大。

她身體孱弱，經常因為生病而缺課。家裏很富有，房子很大。

是柚木理
他們四年一班的
班主任。

班上身型最巨大
的學生，跟小華
是青梅竹馬。

去年從英國轉校
而來的插班生，
很喜歡看大人的
推理小說。

事件周邊地圖

今次事件的舞台，是晚上的學校和夏日祭典的神社。

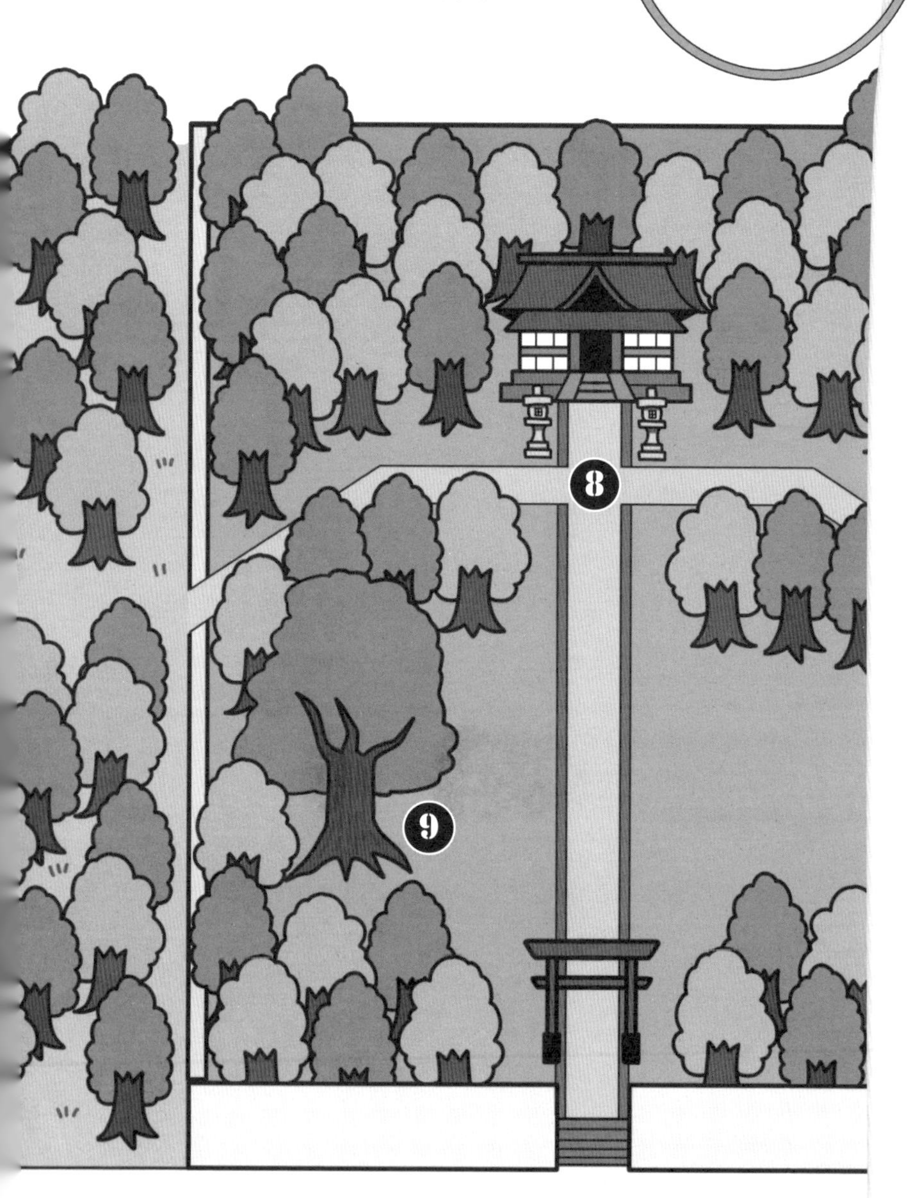

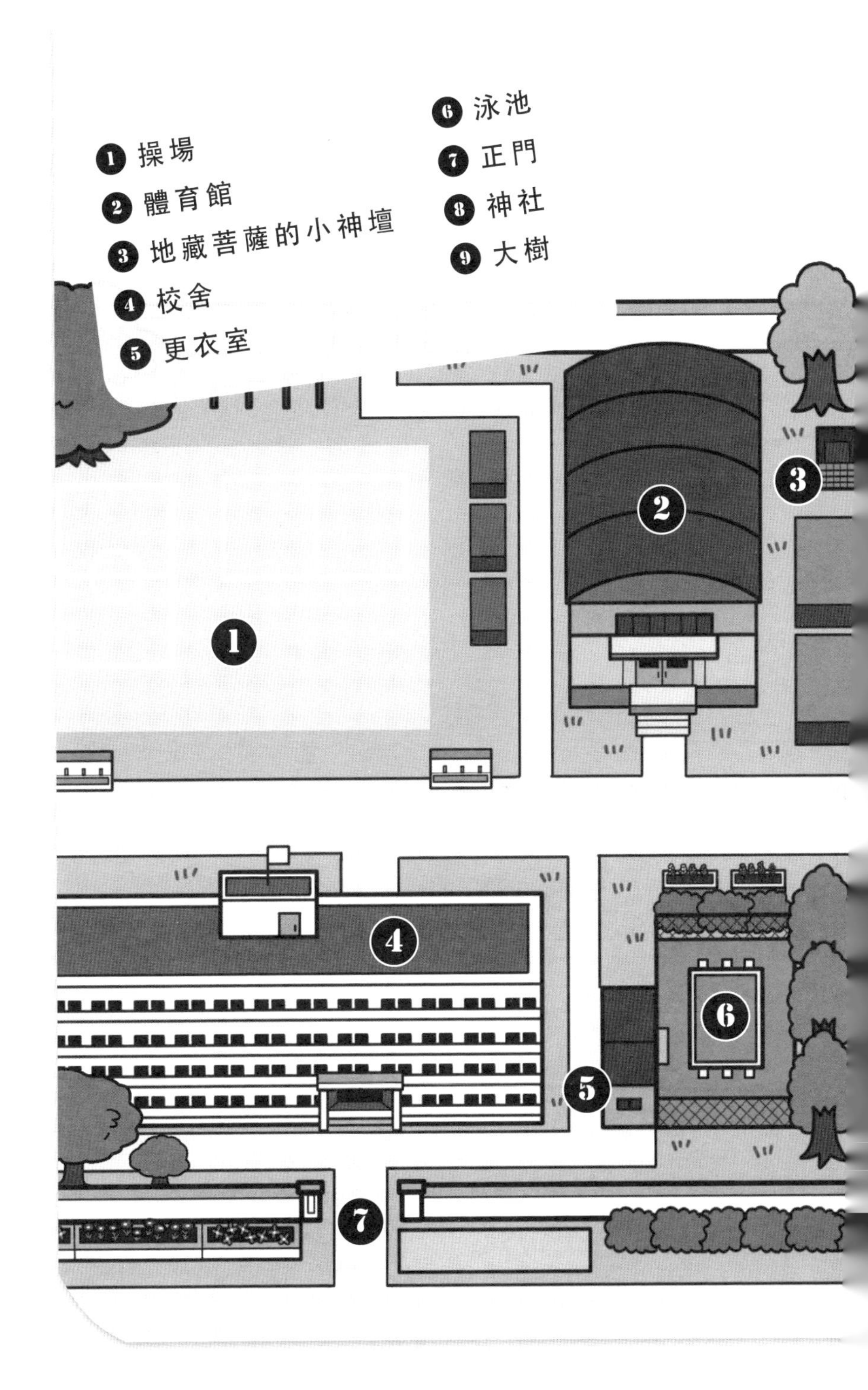

1 操場
2 體育館
3 地藏菩薩的小神壇
4 校舍
5 更衣室
6 泳池
7 正門
8 神社
9 大樹

目錄

序章　事件發生

晚風吹過頸畔，帶來嫩葉的氣味。

「已經到夏天了嗎？」真理子呢喃着望向天空。

剛剛還看到滿月的光輝，現在卻被雲朵掩蓋了。

真理子看看手錶，剛過了晚上十時。

「好了，繼續工作吧。」

真理子跳着碎步向前走着，不久就看見以欄杆圍着的泳池。那是一個長十五米、闊十米的小泳池。真理子是這所小學的老師，這泳池是專為上游課而設的。

明天開始就會使用這個泳池來上游泳課了。真理子在四年一班當班主任，這班的學生在明天午餐後，將會成為學校第一批使用泳池上課的學生。

明天應該會很熱，大家能上游泳課，應該會很高興吧？

真理子穿過圍欄的門，走到泳池旁邊。因為四周環境漆黑，泳池看起來就像個無底深潭，令人感到提心吊膽。

這個時候，圍欄對面的草叢突然傳來「卡沙」一聲。真理子嚇得抖了一下，她轉向那邊看個究竟，卻因為太暗而什麼也沒看到。

「一定是風啊。快點完成就走吧。」

真理子從手上的膠袋中，取出白色的圓形物件——消毒泳池用的氯丸。

為了明天的游泳課，真理子特意在學校留到晚上，準備預先消毒泳池水。

正當她擺好投擲的動作、準備把氯丸扔到泳池中央時，雲朵突然散去，月亮又再出現在夜空中，原本黑暗的水面，也反射出柔和的光線來。

真理子看到池水之後，整個人都變得僵硬起來，她不停地眨眼睛，想看清裏面。

池裏有什麼東西在閃閃發光。

紅色、黃色、白色、橙色、淺粉紅色……

一些顏色鮮豔的小東西，在水面下緩緩地游動。

是金魚！

數十尾金魚，看來很舒暢地在泳池內游來游去。

「為什麼會有金魚……」真理子嚇呆了，呢喃着問。

金魚身上顏色鮮豔的鱗片，反射着月光，就像眾多的寶石在水裏移動一樣，看上去非常漂亮。

1 懸疑推理三人組出場

「喂，阿理，你也要穿浴衣*來啊。」午飯時間，美思跟我説。

我忍不住立即回答：「啊？」

「『啊』什麼啊？去祭典玩，當然要穿浴衣啊。」

我是柚木理。坐在我桌子上的是神山美思，她正指着我的鼻尖説話。她説話時，束起的馬尾辮也隨她的動作而晃動着。

美思住在我家隔壁，我們自小一起長大，小時候上同一所幼稚園，升上小學後也由一年級起一直同班。

她活潑好動，是名運動好手，在班上很受歡迎。

不過，她有時會做出一些強人所難的行為，讓人有點苦惱。

* 浴衣是日本在夏季的傳統衣着。常見於夏日祭典等活動。

被美思那雙大眼睛凝視着，我怎樣都說不出「不行」。

「知道了，我會拜託媽媽拿出浴衣來。」

「當然要啊。」

美思開心地笑了起來，一邊順勢用雙手按着書桌跳起來，在空中轉了一圈，着地時還伸展出修長的手腳來擺姿勢。

「好危險啊……」我邊歎氣邊說。

可是她輕拍我的背部說：「沒事的，我才不會失手。」

美思自幼稚園開始便已學習體操，還多次在大型比賽中取勝。她現在每星期也有數晚要上體操班，與中學生和高中生一起練習。

附近的神社從昨天開始舉行祭典，可是美思因為要上體操班而去不了。今晚她不用練習，所以很想去祭典玩。

「喂，堤馬，你也一起去祭典玩吧，一定很有趣的！」美思對着坐在旁邊、正在看書的十堂堤馬說。

堤馬把書籤夾在書中，再合上，然後把書放在桌面。書的封面寫着書名是《巴斯克維爾的獵犬》。

堤馬不會看我們愛讀的兒童書，而是看成年人的袖珍本小說，看似很深奧。

「不好意思啊，美思君，我不去了，我想看書。」堤馬聳聳肩說。

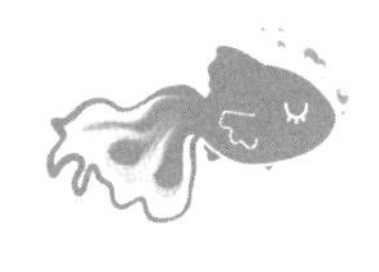

堤馬不管對方是男是女，只要是相熟的人，就會在他們的名字後加上「君」來稱呼。他去年才轉校來到這裏，之前一直在英國生活，日語都是他自己靠看書來學習的。不知是否這個原因，他說話的語氣總是有點像大人。

「咦？真掃興啊。」美思嘟着嘴說。

「那麼，阿理，今天黃昏我們在神社入口前等吧，不要忘了啊。堤馬你看完那本書也一起來吧。」

「嗯，如果我有興趣的話。」堤馬以明顯不想來的口吻說。

美思、堤馬和我，去年開始就在同一班，連座位也在附近，所以我們三人總是一起玩耍和温習。

而且，我們三個之間，還有一個小秘密。

這時候，擴音器傳來鐘聲，是午飯時間結束前十分鐘的預備鈴聲。今天的午飯有湯，但好像有一個盛湯的大鍋不見了，所以午飯時間遲了開始，連累我們的休息時間也縮短了。

「美思、提馬，要快點去換衣服了，下一課是游泳課啊。」

美思聽到我的話後，輕輕揮着手。

「還有十分鐘吧？我們現在要先定好今晚集合的時間，我才去換衣服。」

「不過，女生換泳衣不是很花時間的嗎？」

大家都很期待上游泳課，所以吃過午飯後，差不多全部同學都去更衣室了。

留在課室的，就只有五人。

「沒關係，因為我太渴望上游泳課，所以早就把泳衣穿在衣服裏面了。」美思笑着說，「啊！」

她突然想起些什麼，看向課室一角。

那裏坐着一個女生，束着一雙長長的麻花辮。

她也是我們的同班同學——早乙女華。她平時總是穿着粉紅色或粉藍色的半截裙，可今天卻穿了黑色長褲。

「小華，你要不要跟我們一起去祭典？」美思主動邀請她。

在升四年級之前，我跟早乙女同學都不同班，所以我沒怎麼跟她說過

話。可是美思跟誰也可以立即混熟，所以她們早已成為朋友了。

精於運動又活潑開朗的美思，跟體弱多病、經常因感冒而請假的早乙女同學，是完全不同的類型，可是她們卻好像蠻投契。

「對不起啊，美思，我今天不太方便……」

「難道你今天也要學鋼琴？」

早乙女同學在學鋼琴，之前美思到她家裏玩後，還興奮地跟我們分享：「小華的家裏有一座三角琴，很厲害吧！」

「不，我今天不用學琴，因為手受傷了。」早乙女同學低頭說。她的手背上，的確有幾道小小的紅色傷痕。

「不用練琴就一起來嘛，大家一起去玩會更開心啊！」

「不過……我沒零用錢了……」早乙女同學有點侷促不安，輕輕地說。

「你別這樣啦，這樣會令小華很困擾吧？大家拿到零用錢都會立即買漫畫、零食，所以都沒餘錢了吧？」我的後方傳來一把很大

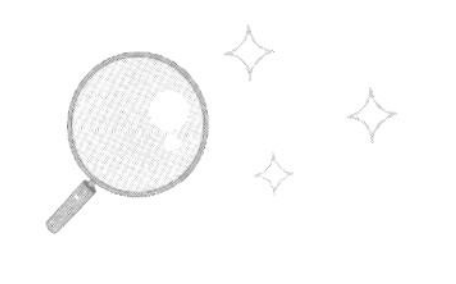

的聲音。回頭一看，原來是把雙腳擱在桌上的重田太一在說話。

「你說的情況是重田你自己吧！小華才不會這樣。」

「可是小華不願意啊！」

重田是班上身型最巨大的同學，行為有點粗魯，他跟美思關係不太好，兩人曾多次爭執而惹老師生氣。

重田跟早乙女同學，就像我和美思一樣，是住在隔壁的鄰居，自小一起長大。剛升上四年級的時候，柔弱的早乙女同學曾被男生取笑，重田立即出來幫忙，自此以後，就再沒人敢欺負早乙女同學了。

「你怎麼把小華說得像你一樣？就是因為你這麼粗魯，女生才怕了你。」

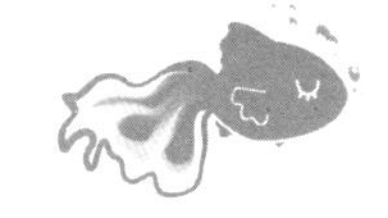

「你說什麼！」

重田從椅子上站了起來，向着美思徑直走過來。

班上最高大的男生重田，跟最高的女生美思，兩人在額頭快要碰上的距離，狠狠地盯着對方。

我和早乙女同學都不知如何是好，只好四處張望求救，卻發現堤馬正在看小說看得津津有味，不打算理會這邊。

「你、你們兩個等一等，不要這樣，一會兒又被老師責罵了。」

在無可奈何之下，我唯有強行走到他們之間拉開他們。

「柚木……」

重田將盯着美思的眼神轉向了我。

在比我高十厘米以上的重田面前，我緊張得不斷吞口水。

重田「嘖」了一聲，轉身離開。

「誰想跟什麼『美思提你三人組』扯上關係！」

「你不要再這樣叫我們，我已經說過很多次了！」美思大聲說出不滿，可是重田卻不理會，徑自返回座位。

「美思提你三人組」這稱呼，是來自我們名字的同音字的：神山美思的「美思」、十堂提馬的「提」、還有我，柚木理中的「理」。

我們最初是「懸疑推理三人組」，卻被某些同學把我們的名字加進

去，改為「美思堤理三人組」，後來更被笑稱為「美思提你三人組」。

重田正是這些同學其中之一。

雖然我不是特別介意，但美思卻不想被人這樣稱呼。

「美思君，不好嗎？『美思提你三人組』，聽起來就是英文『Mystery Trio』，懸疑推理三人組……這樣很不錯啊。」

堤馬開心地回應説，但美思卻氣得脹起了臉頰。

「堤馬你這樣的推理迷可能覺得很好，但我可不要啊！什麼『美思提你』、『懸疑推理』，像個傻瓜呢！阿理，你也這樣覺得吧？」

「呃，不，這個……」突然被問到，我也不知該如何回答才好，美思的臉頰鼓得更加脹，就像雞泡魚那樣。

「先別管這個，我們得快點去更衣室，否則要遲到了。」我打算蒙混過去。

堤馬也把手上的書放下。

「對。真可惜，我正讀到大偵探解謎的部分。不過，遲到可不好辦呢。」

正當堤馬把小説放回書包的時候，課室門突然被打開，剛剛去了更衣室的同學魚貫返回課室。

「咦？大家怎麼了？」美思問。

一個男生用力地揮揮手説：「今天的游泳課取消了！」

「什麼！」美思不滿地喊叫。

這個時候，我們的班主任——真理子老師走進課室了。

「好了，大家返回座位，安靜！」站在黑板前的真理子老師拍着手説。我們只好聽老師的話，返回座位。

「很可惜，今天的游泳課要取消了，這一課大家自修吧。」

很多期待上游泳課的同學都發出失望的聲音，可也有少部分同學歡呼。細心一看，重田也露出一副嚴肅的表情。

對於游泳，不，該說是對很多運動也不在行的我，當然感到開心。雖然在炎炎夏日泡在泳池裏很舒服，可是游泳後會很累，令人昏昏欲睡。

看看旁邊的提馬，他立即再從書包拿出小說來。可以繼續看書，他應該很高興吧？他連臉部也擺出了放鬆的表情。

「為什麼沒有游泳課了？我一直很期待的啊！」

回頭一看，原來是坐在我們後面的美思站了起來，舉着手高聲發問。

「對不起啊，美思。泳池出了點事，但下星期就可以上課的了，今天就先忍耐一下吧。」真理子老師雙手合十，對美思道歉。

這時，我突然發現提馬一直把小說放在桌面，沒有在看書。

他用幼長又銳利的雙眼直盯着真理子老師。

堤馬那樣認真的樣子，我已見過很多次，那是他發現「謎團」時的表情。

「怎麼了，堤馬？你不是要繼續看書嗎？」我悄聲問堤馬。他用手托着下巴回答：「不，有件事情讓我很在意。」

「很在意的事情？」

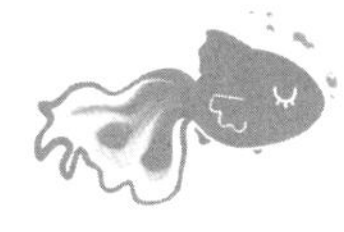

「真理子老師剛剛說『泳池出了點事』吧？」

「那又怎麼了？可能是什麼地方故障了？例如是注水的機器壞了之類的。」

「那麼該說『泳池壞了』或者『機器故障』吧？她特意說得這麼模稜兩可，讓我很在意。那『出了點事』應該不是一般的事情。」

堤馬的說明讓人很容易理解，我不禁點着頭，說了句：「原來如此。」

「你們在說什麼悄悄話？告訴我啊。」坐在後面的美思說。

「堤馬他說……」

正當我想說明的時候，擴音器又再傳出鐘聲，這次是正式上課的鐘聲。

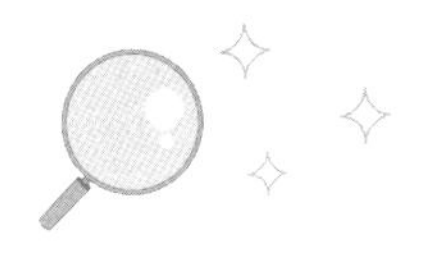

「好了，現在開始自修，不要再談話了。」真理子老師拍着手說。

提馬就像外國電影的演員那樣，誇張地聳了一下肩，然後翻開放在桌上的小說，又再開始閱讀。

2 三人的秘密基地

「什麼？你會不會想過頭了？」

美思坐在前後反轉的椅子上，雙手擱在椅背說。

「從普通人沒留意到的小事中找出真相，正正是大偵探的存在意義。」提馬邊擺出一副得意洋洋的樣子，邊舉起食指到臉旁說。

放學後，我們會登上校舍的四樓最頂層，再走到最深處的一個小房間。

這個小房間去年曾被當成倉庫使用，但經我們三人努力打掃清潔了，還帶了各種各樣的東西來這兒。

差不多接近天花板高的大書櫃內，放滿了提馬帶來的一批推理

小說。

除此之外，提馬還準備了一些科學室的實驗用品，如燒杯、燒瓶、酒精燈等，都放在房間深處的桌上，以便他不時進行一些古怪的實驗。

美思則帶來了一個小型彈牀和體操用的單槓鐵架，她常在上面彈跳，或是翻筋斗。

我最初帶來的東西，就只有漫畫。

可是，在半年前左右，一位親戚經營的「酒吧」——就是給成年人喝酒的店鋪，那裏需要翻新改裝，親戚就把其中一個不要的東西送了給我。

那就是名為「自動點唱機」的帥氣機器。

只要投入專用的硬幣，自動點唱機就會自動裝配好唱片並播放歌曲。雖然那些都是我們沒聽過的外國舊歌，但聽着卻又感覺很舒服，所以我們經常都會用它來播放歌曲。

那位親戚還將酒吧的吧枱運送過來。所以我們會坐在大人喝酒的吧枱和椅子上，但喝着果汁和吃零食。

這小小的房間，就是我們的「秘密基地」。

我們的學校有條校規，就是除了參加課外活動的學生外，所有學生在放學後都不得留在圖書館以外的地方。

可是，我們三個，都各有不得不留在學校打發時間的原因。例如美思，她要待到黃昏才去學校附近的體操班練習。

之前我們會在圖書館看書或做功課，可是圖書館主任很兇，所以我們都不可以聊天或吃零食。

不過，去年因為發生了一些事情，學校准許我們使用這個小房間，大家從此便可以各自做自己喜歡的事情。

雖然這裏很小，又帶點發霉的氣味，但我卻很喜歡這間像秘密基地的小房間。

要確認
暗號！
攻略本
周邊地圖
時間

8
POTATO

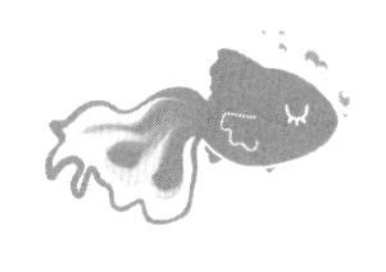

「說什麼找出真相，可是提馬，你已經知道泳池為什麼不能使用了嗎？」美思像是嘲弄提馬般說道。

「不可能會知道吧？現在的資訊太少了。所謂的真相，是要由很多資訊組合起來，才會逐步看見全貌的。」

「那麼，我們就去找那些資訊吧，在祭典之前還有時間。」

美思今天不用上體操課，本來可以直接回家，其實我也一樣。可是，大家放學後就好像理所當然地來到這裏聚集。

不過，美思好動的性格跟我和提馬不一樣，提馬喜歡看書；我就為了回家後可以立即玩遊戲機，所以會在這裏先做好功課。可是美思很好動，她只要找到可以打發時間的事情，就會叫上我們一起去做。

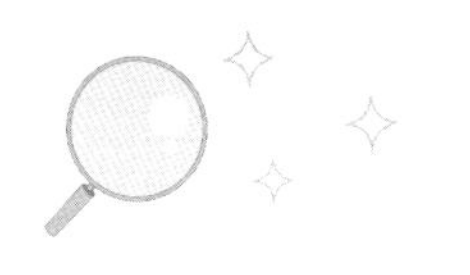

「沒有那個必要。」堤馬站起來，並伸出食指左右擺動說，「如果真的發生了什麼古怪的事情，自然就會有情報傳達過來。我們只需在這裏等待就可以了。」

「那樣太沒趣了啊！」美思抗議說。堤馬卻伸手指着房間一角的書櫃。

那個書櫃塞滿了書本，有少量我和美思帶來的漫畫，其他都是堤馬在家帶過來的推理小說。

「我不是常跟你們說的嗎？不用跟我客氣，多讀讀那邊的書啊。入門讀者的話，我推薦福爾摩斯系列。不過，如果着重推理情節多於角色魅力的話，那麼阿嘉莎·克莉絲蒂的作品會比較……」

正當美思聽得一臉沒趣時，走廊傳來了腳步聲。

「看啊，情報來了。」

堤馬一副洋洋得意的樣子。

下一刻，房門已被打開，真理子老師走進來了。

「等你很久了，真理子老師，請坐。」

「等我很久了？」真理子老師一副難以置信的神情問道。

「你是有事來找我們商量的吧？你慌張得連暗號也忘了說就開門進來了，究竟發生什麼事了？請詳細告訴我們吧。」

聽到堤馬的話，真理子老師眼睛睜得大大的，然後重重地歎了口氣。

「堤馬同學你還是一樣，什麼都看穿了。不過啊，可以的話，我想請你用這種能力，解決我昨天拜託你的事情。」

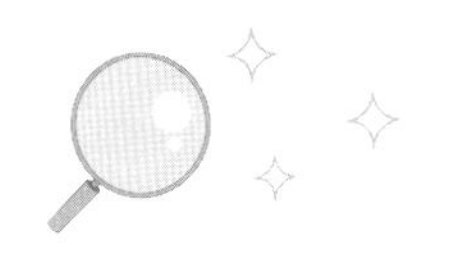

「那件事情嗎？」提馬問，原本高漲的情緒立即冷淡了下來。

三天前，體育館旁邊的地藏菩薩像不知被誰推倒了。那個菩薩像是在江戶時代*製造的，已有一百五十年以上的歷史，是個十分珍貴的菩薩像。

人們為了保護菩薩像不被我們學校學生的惡作劇而破壞，把它用磚牆好好地包圍，要打開上鎖的門，才可以接近菩薩像。

珍貴的菩薩像被推倒，是一件十分嚴重的事情。校長昨天在早會就對全校學生說：「嚴禁你

* 江戶時代是日本歷史中的一個時代，指公元1603年至1868年這段期間。

們做出那樣的事情！」

「一定是有人爬牆進去了，再做出惡作劇吧。」

「所以我就想請你們找出惡作劇的犯人，不讓這種事情再次發生。再怎麼説，你們都是『懸疑推理學會』吧？」

真理子老師微笑着説。

「除了課外活動外就不能在放學後留校」因為這條校規，我們三人成立了「懸疑推理學會」，並且得到批准，可以使用這個房間，而真理子老師，就是學會的顧問老師。

「真理子老師，懸疑推理學會的活動，並不是追查沒趣的事情的，而是像我們這樣一起看推理小説，一起玩一些提高人類智慧的益智腦力遊戲，培養我們的知識和理性。」

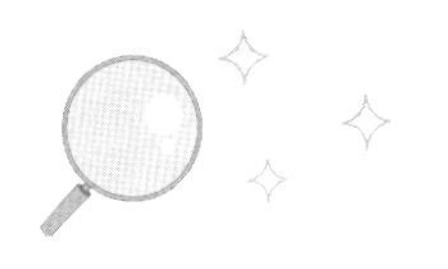

堤馬不知何故，盡說些艱深的字眼，他還拿起一本小說，書名是《一個都不留》。

「可是，我從沒見過美思和小理看推理小說，這樣下去，『懸疑推理學會』就真的變成『美思提你三人組』了。」真理子老師說。討厭「美思提你三人組」這個名字的美思聽到，立即皺起眉來。

「我已經多次推薦美思君和理君看推理小說，但他們完全不懂欣賞啊。為什麼他們都不理解推理小說的樂趣呢？」堤馬消沉地說。

「所以啊，懸疑推理學會的活動，就是解決各種謎團吧？你們之前明明幫忙解決了各種事件啊。」

就如真理子老師所說，堤馬之前已幫忙解決過多宗在學校發生的神秘事件。

而我和美思，就協助堤馬解謎。

堤馬第一件解決的事件，是去年真理子老師的筆袋失蹤一事。真理子老師向學生收集了午餐費，她把費用放在一個閃亮的筆袋裏，可是那個筆袋卻消失了。

那天黃昏，正當我們離開圖書館打算回家，經過課室時卻發現真理子老師爬在教師桌下找東西。

根據真理子老師說，放了午餐費的筆袋本來是放在教員室的桌子上的。堤馬聽過事情後，走進教員室調查老師的桌子四周，當他走近一扇打開的窗戶時，立即就指着旁邊的大樹，說：「一定就在那裏！」

輕盈敏捷的美思攀到那棵樹上查看，在烏鴉的鳥巢中，果然發現了放有午餐費的筆袋。

「烏鴉有被發光物件吸引的習性，所以牠趁教員室沒有人，從打開的窗戶飛進來，叼走了筆袋。」堤馬洋洋得意地說。

為了對那件事表達謝意，真理子老師便當上了「懸疑推理學會」的顧問老師，我們也得到了放學後可消磨時間的活動室。

「我們之前解決的事件，那些謎團全都很吸引，但菩薩事件完全沒有解謎的成分啊。」

「可是，上星期開始，學生之間就流傳着『菩薩傳出哭聲』啊，你們也聽過吧？」

的確，同學們正在流傳着這件事情。

「那只是風聲或什麼罷了。」提馬一副興趣缺缺的樣子說。

「哦，我知道了，難道是提馬同學你沒自信解決嗎？最近都沒有解決過什麼案件，所以你最引以自豪的推理能力也下降了吧？」

真理子老師的話，像是要刺激提馬一樣。

堤馬聽到後，放下了手上的小說。

「美思君，剛剛你邀請早乙女同學一起去祭典時，她說『沒有零用錢』所以拒絕了你吧。」

「咦？嗯，是的，那又怎麼樣？」

突然被堤馬問到，美思一臉不解地眨了眨眼。

「你知道早乙女同學為什麼沒有零用錢嗎？她的家可是富有得可以擺放價值數百萬日圓的三角鋼琴啊。她的零用錢一定不會少吧？而且，早乙女同學也不是個亂花錢的人，我沒看過她像美思君那樣，總愛在回家路上買東西吃。」

「美思，你經常這樣做的嗎？」真理子老師盯着美思問。

可是美思只催促堤馬：「然後呢？然後呢？」以圖蒙混過去。

「就是說，她最近遇到了事情令她很花錢吧？你們知道那是什麼事情嗎？」

堤馬邊問，邊逐一看着我們。我們一臉不解的面面相覷。

「唔……堤馬你知道？」我試探着問。

「當然知道。」堤馬挺起胸膛說：「因為早乙女同學最近開始養貓了。」

「養貓？」美思、真理子老師和我都不明所以，三人齊聲問道。

「是的，而且是隻小貓，應該是黑色的。」

「你怎麼知道是小貓？小華沒說過啊！」

聽到美思的問題，堤馬嘴角上揚。

「不，她有說啊，雖然她沒用言語說出來，但就我所見，她是

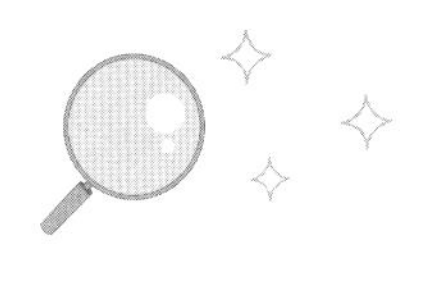

用了全身來告訴大家：『我開始養黑色小貓了』。」

「全身？」

美思歪着頭問，堤馬立即用力地點頭回應。

「早乙女同學不是說因為手受了點傷所以要暫停學鋼琴嗎？她的手背上有幾道細小的傷痕，那樣的傷痕，多數是被貓抓出來的。」

「也不一定吧？如果是棒球飛遠了，走入草叢尋找球時被草割傷，也會造成細小的傷痕啊。」我說。

聽到我的說話，堤馬用力聳了聳肩。

「你覺得早乙女同學會走進草叢找棒球嗎？而且，她少有地穿了褲子，也印證了她開始養貓。」堤馬坐下來翹起腿。

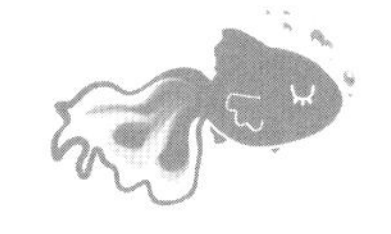

堤馬本來説話的語調就已經很像大人，他這樣解釋着推理過程時，態度就更加不像小孩。這個感覺就像在看外國劇集，不知何故，我很喜歡看他這個樣子。

「為什麼早乙女同學穿褲子就代表她開始養貓呢？」真理子老師歪着頭思考。

「貓主人容易被貓抓到的部位，不單是摸貓的手，還有貓的視線水平能看到的腳，所以早乙女同學應該連腳也受傷了。裙子不論多長也無法完全遮掩整雙腿，所以她今天罕有地穿褲子上學*了。」

聽到堤馬的說明，真理子老師點着頭說：「原來如此。」

*日本的公立小學一般都允許學童穿便服回校，只有一些私校需要穿校服。

「可是啊，你為什麼會知道是小貓？」美思探前身體問。

「那可簡單啊，因為早乙女同學手背上的傷很淺。如果是成貓抓傷她的話，就不只這樣了。所以那些傷痕是體型細小、力氣不大的小貓造成的。」

「那麼，黑貓又該怎麼解釋？」我接着美思的問題再問下去。

堤馬把視線轉向我，說：「理君你沒養過貓吧？貓這種生物啊，是比想像中會掉更多毛的。那些毛會多得纏在腳邊，又或是黏滿褲子。」

「啊！所以小華今天穿了黑色的褲子，就是說……」美思雙手合上說。

堤馬滿意地點點頭。

「對，就是為了不讓貓毛這麼顯眼。而且那還是黑色的貓毛。」

堤馬精彩的推理，讓我們都目瞪口呆。他突然站起來，走到真理子老師面前，說：「這下子，就可以證明就算我沒有接下老師的調查委託，推理能力也沒有下降。」

「是的是的，是我錯了，『大偵探』。」真理子老師說着，輕輕做出投降的手勢。被稱呼為「大偵探」，堤馬一臉高興地微笑着。

「那麼，現在有適合你這位大偵探去調查的神秘事件了，可以請你幫忙嗎？」

「當然可以，那麼我們到泳池去吧。」

堤馬站起來，大步要去走向課室門口。

「咦？你怎麼知道要去泳池？」真理子老師嚇了一跳問。

堤馬回頭，沖我們眨了一下眼說：「因為我是大偵探啊！」

「嘩！這還真厲害啊。」已站在池邊的堤馬，興奮地說。

我看着那數十尾豔麗的金魚在泳池裏游來游去，嚇得說不出話來。望向旁邊的美思，她也露出一副難以置信的樣子，半張着口，呆若木雞。

「這就是不能在泳池上課的原因？」堤馬回頭問真理子老師。

「嗯，泳池這個狀態總不能給學生游泳吧。」

「可是，你為什麼說『泳池出了點事』來蒙混過去？」

「如果我說泳池裏有金魚，大家一定蜂擁來看吧？這個消息傳

出去的話，連校外的人也會來觀摩啊。」

「原來如此，老師想盡量避免惹來騷動，所以就請我們幫忙調查。」不知是否眼前這個奇妙的光景令堤馬感到非常興奮，他連珠炮發地說。

「對，不知道究竟是誰、為了什麼而做出這種惡作劇，感覺真可怕。怎麼樣？有什麼發現嗎？」真理子老師把身體靠前說。

「老師，不要這麼焦急啊！要推理的話，現在還沒有什麼有用的情報。說起來，要怎麼處理這些金魚？」

「老師們稍後就會把牠們撈起的，如果繼續這樣，明天及以後的游泳課都上不了。」真理子老師的語氣帶着疲累。

「游泳課是一星期只有一次的特別課堂，而且很多學生都很期

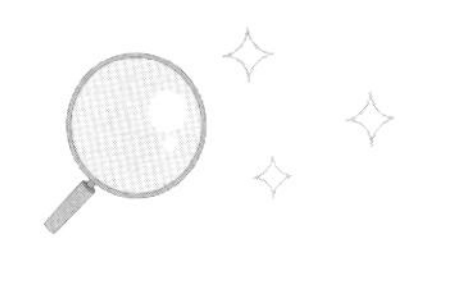

待上課。如果明天就可以如常使用泳池，也就是說，只有我們這一班的游泳課取消了……」堤馬一邊輕聲説着，一邊靠近池邊仔細端詳，「這些都不是大金魚，可是卻有好幾十尾。要把這麼多活金魚運過來，一定很不容易，因為要連着水一同搬運。」堤馬走到泳池範圍旁的圍欄，突然指着外面説：「對了，就是那個！」

在圍欄外的草叢處，停放了一輛手推車，並用草遮蔽着。手推車旁邊，有個大鍋翻倒了。

「啊，那就是我昨天打算消毒泳池時，聽到聲音的方向！」真理子老師高聲說。

「難道那個就是本來用來煮午餐，但消失了的大鍋？」我也禁不住問。

堤馬點頭說：「嗯，一定是。犯人把金魚放進那個大鍋，然後運送到這裏來。手推車應該就是從體育館倉庫裏拿取的。犯人本來打算把這些東放回原處，可是他把金魚放入泳池後，真理子老師卻來到了，把他嚇得什麼都不管，只顧慌忙逃走。」

堤馬說到這裏就停止了，然後他抱着胳膊思考了數十秒，突然抬起了頭。

「美思君！」

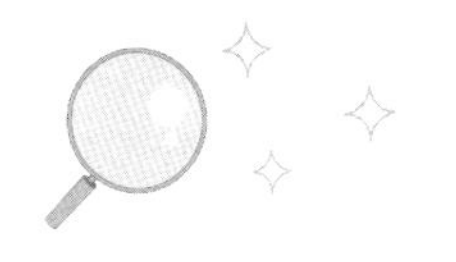

突然被堤馬大聲點名叫喊，美思也被嚇得高聲地回應：「怎、怎麼了？」

堤馬展開雙手，說：「我改變主意了，請讓我今晚跟你們同行，前往祭典。我很想見識一下日本的祭典。」

3 祭典之夜

在鳥居*後面的石板路上，兩邊都擺滿了攤檔。

在燈籠的光芒映照下，人們各自享受着祭典的樂趣，有的在買炒麵、章魚燒、棉花糖等各種小吃，有的在玩射擊等攤位遊戲。

在看過泳池的金魚後，我們約定當晚七時，在學校附近的神社門前集合。

「嘩，好多人啊！祭典就是要這樣子才像樣！」美思興奮地説着，因為她最喜歡祭典這類熱鬧的活動。

美思穿着印有花卉圖案的紅色浴衣，而我，只穿着放在衣櫃深處的樸素深藍色浴衣，跟她的花俏款式正好相反。

*鳥居常見於日本神社，形狀類似中國的牌坊，大多以兩根支柱及橫樑建成。

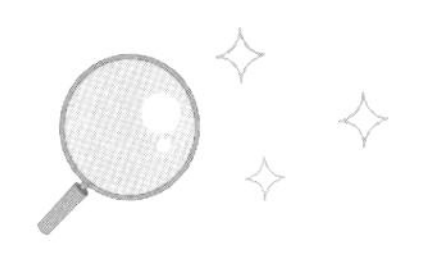

「說起來……」美思的聲音一轉，用低沉的聲音邊說，邊盯着旁邊的堤馬，「堤馬為什麼要穿成這個樣子？」

「我不是說過好多次了嗎？這是大偵探的制服啊。」

堤馬一副得意的樣子挺起胸膛。他穿上像是大人服裝的棕色格子長外套，頭戴着同款帽子。堤馬正在模仿他喜歡的大偵探福爾摩斯的衣着。

「我不是說這個，我告訴過你要穿浴衣來吧？浴衣才是在祭典遊玩的制服啊。」美思抗議着說。

堤馬搔了搔頭說：「但是我家沒有浴衣啊，除了在英國帶過來的衣服外，我可沒怎麼買過衣服。」

「哦……原來如此，對不起呢。」

阿理
美思
堤馬
祭典服裝

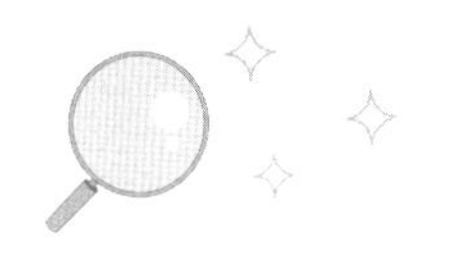

美思一副恍然大悟的樣子跟提馬道歉。

因為父母離異，提馬跟着媽媽從英國回到日本來。他的媽媽因為工作關係，總是很晚才回家。提馬放學回家也只是一個人待在偌大的家中，所以他才會在學校留晚一點。

「可是啊，提馬，你那樣穿不熱嗎？」我禁不住問。

提馬聽到後，立即轉了一圈，外套隨風飄揚：「不熱啊，這樣穿，我就可以集中在『謎團』上，不會感到任何熱或冷的感覺。」

在燈籠的映照下，提馬額上的汗珠正在閃閃發亮……但我決定當作看不見。

炒麵

冰
冰

「那麼，我們由哪個攤檔開始看起？我呢，就想吃冰糖蘋果。」

美思重振精神，用歡快的聲音說着。

「你在說什麼啊，美思君。你以為我們是為了什麼才會來祭典啊？」

「為了什麼？不就是三人一起來玩嗎？」美思歪着頭問。

「不對不對。」堤馬用力地揮着手。

「當然是為了調查啊。」

「你說調查，難道是指『金魚泳池事件』？」我問。

「當然。」堤馬隨即答道。

「泳池的事件跟祭典有什麼關係？」美思雙手叉腰問。

堤馬一邊微笑，一邊在美思的耳邊說話。美思聽到後，眼睛睜

得大大的。

「那麼說，那些金魚……」

「應該是。因此，美思君，可以拜託你幫忙嗎？」

美思說了一聲好，就向着神社走去了。

「你拜託美思幹什麼了？」我跟着美思走，還想繼續問下去，可是在旁邊的堤馬調皮地說：「你立即就會知道了。」

穿過鳥居，往神社方向的大路上擠滿了人。

「這樣可前進不了。」我被人潮擠擁着。

美思指着兩個攤檔中間的小狹縫，說：「這邊，這邊。」我們穿過了狹縫，走到攤檔的後面，這是一片種滿大樹的樹林，跟神社的大路相反，這裏一個人也沒有。

「你們等我一下。」

美思突然捲起了浴衣的下擺，然後飛躍到旁邊大樹的樹幹上。她手腳並用，像松鼠般靈活地爬到樹上。

因為從小就學習體操，對美思來說，爬樹這種事情只是小菜一碟。她之前還試過在地面爬牆到校舍的屋頂，整個過程才十秒左右，不過那一次她就被真理子老師罵慘了。

爬到大約十米高後，美思在比較粗壯的樹枝上坐下來了。

「找到了嗎，美思君？」堤馬向上望，問道。

美思指向通往神社的大路說：「找到了！」

「由裏面數起第三間。」

美思輕輕從樹枝上躍下。

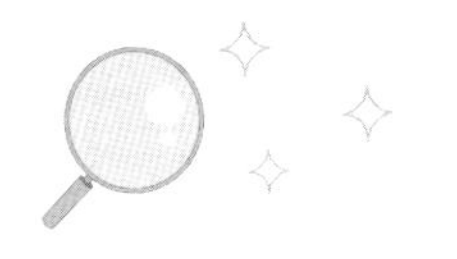

「危險啊！」我急忙說。

只見美思抓着樹枝，像抓着單槓那樣，優雅地倒掛身子翻向下，再乘着向下的勢頭放手，移動到下面的樹枝去。

穿着浴衣的美思不斷前後擺動，一邊順勢在樹枝間跳躍，向下面的樹枝飛過去，逐漸向下移動。

在燈籠的光芒映照下，紅色的浴衣顯得分外好看。

「到達！」

美思在着地的一刻伸直了雙腿，兩手約45度斜斜高舉着。

「不愧是美思君，你的運動神經真厲害。」提馬拍着手説。

美思把浴衣的下擺弄回原狀，笑着説：「很厲害吧？」

「不過美思，你那樣很危險呢，手一滑就會受傷啊。」我反而有點擔心。

「沒事的沒事的，我才沒有這麼笨手笨腳啊，阿理真的杞人憂天。先不管這個了，既然已經找到目標，我們快點過去吧！」

美思抓着我的手拉我走。

「等、等一下，我們要去哪裏？」被拉着的我急忙問道。

回答我的卻不是美思，而是堤馬，他繼續以調皮的語氣說：

「你立即就會知道啦。」

我們繼續在並排的攤檔後面走着，然後穿過攤檔中間的狹縫，重回大路上。跟在鳥居附近的相比，這一帶還沒太多人聚集。

「是那攤檔！」

堤馬指着一個攤檔，上面掛着大大的招牌、寫着「撈金魚」。

「撈金魚……難道是泳池的那些金魚……」

「我就是要證實一下啊。來，理君、美思君，我們走吧。」

堤馬撥開擠擁的人羣，走向撈金魚攤檔。

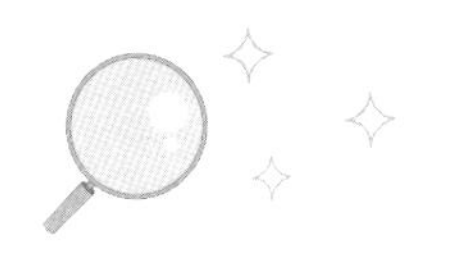

「歡迎光臨！」

來到攤檔前，一位綁着頭帶、頭頂中間禿了一片的男店主，高聲歡迎着我們。店主前面，放着塑膠水箱，金魚都在裏面游來游去。

「怎麼樣？要玩撈金魚嗎？一次三百日圓。」

「金魚好像很少啊。」堤馬站在水箱前面，盯着裏面看。

如堤馬所説，這麼大的水箱，卻只有約三十尾金魚，看上去有點空虛。

可能因為如此，這裏除了我們之外，就沒有其他顧客了。

「有這個數量已經足夠了吧？你們要不要玩？」店主有點不耐煩地説。

「玩！我們三個，麻煩你了。」

聽到提馬的話，我和美思齊聲説：「啊？」

「提馬，你不是來調查的嗎？」

「等一下，提馬，我沒帶太多零用錢來啊，玩這個的話，之後我就沒錢買冰糖蘋果和章魚燒了。」

提馬邊聽着我們的不滿，邊從外套的口袋裏拿出一張一千日圓紙幣遞給店主，然後回頭對着我們微笑。

「好了好了，難得來到祭典，我們就三人一起玩啦。」

店主説了聲「多謝光顧」，就把三個紙網和找續的一百日圓零錢，交給提馬。

「其實我是第一次撈金魚啊，美思君和理君，你們給我示範一下好嗎？」提馬遞給我和美思每人一個紙網。

「呃，好的。」雖說要示範，可我也很久沒撈過金魚了……撈金魚的紙網有着塑膠手柄，網的部分則是薄薄的和紙*。我拿着紙網，在水箱旁盯着金魚。

我把碗子盛滿水，準備把撈取的金魚放進去。我便把網放進水裏，嘗試撈起一尾黑色凸眼金魚。我輕輕把網移到金魚下方，慢慢從水裏撈起牠。

金魚浮在紙網上了。

「成功了！」就在我高呼成功的瞬間，金魚在激烈擺尾，身體不

*和紙是日本以傳統技藝生產的紙張，質地薄，但很堅韌。

撈金魚

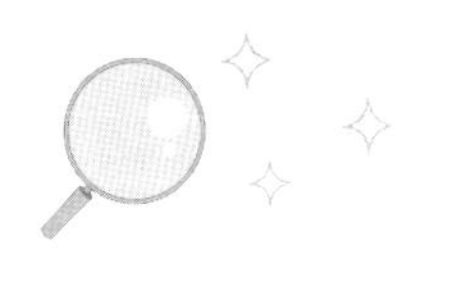

斷抖動着。牠的動作把本來已濕掉的和紙弄穿了，跌回水箱裏去。

「真可惜啊，小子！」店主大聲地笑起來。

「不行啊，阿理，垂直撈起牠的話，紙網就會穿啊。看，要像這樣子撈起來。」

美思把浴衣的袖子捲起，把紙網傾斜放進水裏，再移動到一條小小的紅色金魚下方，然後一直維持着傾斜角度把金魚撈出來，在金魚掙扎之前，迅速把牠放進碗子裏去。

「看！」

美思一臉得意的抬抬下巴，然後再用同樣方法，撈起了兩尾金魚，可之後，紙網就破掉了。

「啊——只有三尾嗎？我還以為可以多撈一點呢。」美思一

臉可惜地把破掉了的紙網還給店主。

「好，辛苦你了，小妹妹。現在你知道玩法了吧？你還真努力啊。」店主嘲弄般説着。

可是堤馬卻好像完全聽不到，把手托着下巴説：「原來如此，水跟和紙的角度是很重要的，如果不跟水面成斜角的話，水的重量就會把和紙弄穿；而且，和紙有溶於水的特性，所以

盡量不要把它整個弄濕，可以的話就盡量減少跟水的接觸。因此，要瞄準接近水面的金魚……」

經過數十秒的自言自語，堤馬拿起紙網，像沿着水面滑行一樣，移到金魚的旁邊。他以輕柔的動作，只讓和紙的小部分浸水，然後將金魚撈起，並在金魚掙扎前就把牠放進左手拿着的碗子裏。

因為堤馬的動作太過漂亮和連貫，我和美思都不禁張開口「嘩」

了一聲。

堤馬巧妙地控制着紙網和碗子，一尾又一尾地撈起金魚。他撈起二十尾以上的金魚，紙網還只是邊緣位置有點沾濕而已，完全不是要破裂的狀態。

我無意間轉頭一看，店主正一臉不悅。

「喂喂，小子，你撈這麼多也差不多了吧……」店主用沙啞的聲音說。

可是，堤馬卻完全無視店主的話，繼續撈着金魚。數分鐘後，水箱的金魚差不多全部都到了堤馬手中的碗子裏了。

「還有一尾。」就如堤馬所說，水箱內，還有一尾我之前想撈的黑色凸眼金魚在游來游去。

提馬就好像特意做給我們看似的，把整個紙網放入水中，撈起了凸眼金魚。

離開水的凸眼金魚就像剛才一樣，在和紙上猛烈掙扎，和紙就如同之前一樣破裂了，凸眼金魚即將要掉下來了。我和美思不禁「啊」的叫了一聲。

可是，提馬卻在破裂的和紙下面，準備好碗子。黑色的凸眼金魚，就順利掉到充滿金魚的碗子裏了。

「這下子就全部撈起了。」提馬有點惡作劇地對着臉色鐵青的店主說，「哎呀，這很令你頭痛吧？金魚沒剩一尾，那就要提早關門了吧？接下來明明會有更多顧客，如果你要關門還真是不好辦啊，對吧？」

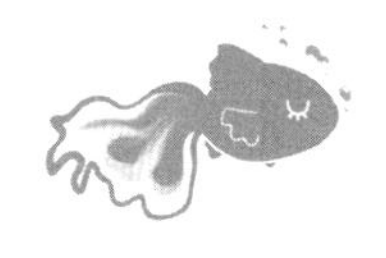

「……你作弊。」低着頭的店主以低沉的聲音說。

「什麼？」提馬把手放在耳邊問。

「你肯定是作弊！一定是你在紙網上幹了什麼手腳，否則怎會撈到這麼多！」生氣得漲紅了臉的店主，繞過水箱走到我們這邊，伸出手想抓住提馬的外套衣領。

提馬慌張地喊了聲：「理君！」

唉，又來了嗎……

我放鬆了一下肩膀，用雙手從旁抓住店主正向提馬伸出去的手。

「咦？」店主喊叫的同時，我已抓着他的手轉動了一下身體。

店主的手、手肘和肩膀的關節都同時被鎖緊了，他痛得大叫：

「好痛！這是在幹什麼？」

85 祭典之夜

「這是合氣道，你不要亂動。」我把店主的活動能力完全壓制住，歎了口氣説。

我爺爺是學校附近的合氣道道場的師傅，所以我由幼稚園開始，就一直到道場跟大人一起學習合氣道。放學後，我要在活動室打發時間，就是為了等到黃昏時分到道場練習。

合氣道，是利用對手的力氣去施展技法的武術，所以就算我只是小孩，也能擊倒或抓緊一名成年男子。

「理君果然厲害，是最棒的保鏢呢。」堤馬張開雙臂開心地説。

「不過，如果被爺爺知道我用合氣道來跟人打架，我會被他罵得很慘啊。」

「決不可以使用合氣道來傷人！合氣道是用來保護自己，以及

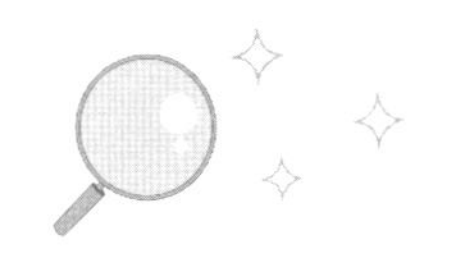

自己珍惜的人的！」爺爺這些話，聽得我的耳朵都快長繭了。

去年，同班一個粗暴的同學要當值打掃，可是他卻打算溜走，當我指責他時，他竟然想一拳打我的胸口。出於反射動作，我把他摔倒了。因為是對方先出手，而且他只擦傷了一點，所以學校老師也沒有怎麼責備我。可是，爺爺知道後可生氣了，他用了兩小時來說教，還要罰我寫「不可以再用合氣道來跟人爭吵」的反省文。

「沒事的，這不是爭吵，你是在保護我啊。」堤馬輕輕拍我，再看着被我鎖住關節而動彈不得的店主。

「叔叔，請你冷靜點。這些金魚我不會全部帶回家的，我也養不了這麼多啊。不過，作為交換條件，請你回答我的問題，行嗎？」

「我知道了，我知道了，你放開我吧！」店主哭喪着臉說。

我用眼神跟提馬確認過後，就放開了店主的手。

店主重獲自由後，一直和我保持着距離。

「你說的問題……是什麼？」

「你準備了這麼大的水箱，但你的金魚卻相對很少。難道你昨天不見了金魚嗎？」

聽到提馬的問題，店主睜大了眼睛：「你是怎麼知道的？」

「哦，果然是這裏的金魚啊。關於這件事，可以請你詳細告訴我嗎？這樣我就會把撈到的金魚全部還你。這個交易不錯吧？」

聽到提馬的建議，店主愁眉苦臉地想了想，說：「過來。」並向我們招招手。

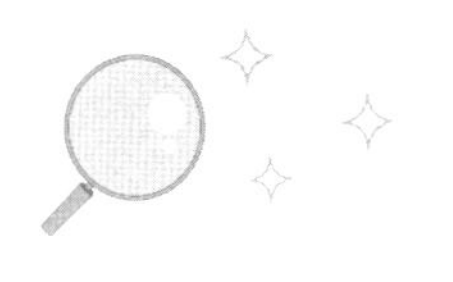

堤馬微笑起來，把手中的碗子翻轉。

漂亮的金魚在水裏散開，就像色彩斑斕的花蕾同時綻放那樣。

「這邊，你們看！」

店主把我們帶到攤檔後面説。

「昨晚八時，祭典活動結束後，我就把水箱推到這裏，再用膠墊蓋着。」

前天下雨後，地上還有點濕濕的，仔細一看，還可以看到水箱曾經放置在這裏的痕跡。

「本來是有很多金魚的吧？」

堤馬邊看着地面邊問。

「是的，本來有一百條以上啊！不過，我今早回來一數，只餘下三十多尾。」

「即是説，昨晚有人拿走了七十尾左右的金魚了。」

店主點頭答道：「對。」

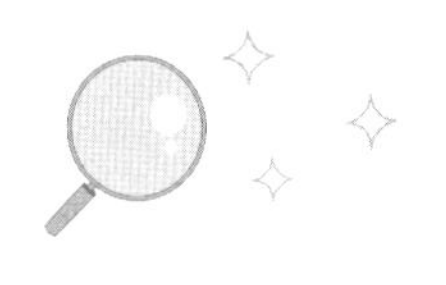

「你有報警嗎？」

「報警？我才不想幹這麼麻煩的事。」

「為什麼不報警？你的金魚被偷了啊。」

「不是偷，是買了。」

「買了？」

堤馬一臉難以置信。

「嗯，有人把錢放進信封，再放在膠墊上，那些錢比金魚的價格高得多啊。」店主笑着。

「就是說，犯人除了留下可供你今天開店的金魚數量，還另外付了一大筆錢來買金魚，這已經不該說是犯人，而是客人了。」

堤馬一副愉快的樣子分析着。

「對，就是這樣。你們問夠了吧？我要回去看店了，你們自己看着辦吧。」

說完，店主就回到攤檔前方去了。

「堤馬，我們學校泳池裏的金魚，果然是來自這裏的吧？」美思問。聽到美思的問題，堤馬在外套的內袋，拿出了放大鏡，然後伏在地上開始調查。

「果然有！美思君、理君，你們看這裏！」堤馬指着地面說。

認真一看，地上果然有兩條淺淺的坑紋，一直延伸到神社的出入口。

「那是什麼？」

美思不由得用手指碰碰下巴，一邊問。

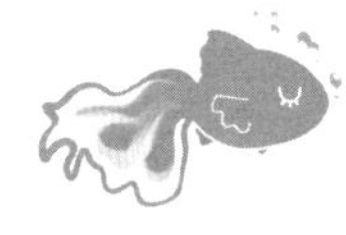

「是手推車的車痕啊。」

聽到堤馬的回答，我雙手合十，問：「那麼，犯人是把手推車推到這裏，再把金魚放進煮午餐用的鍋子運走？」

「應該就是這樣了。這個神社的出入口很近校門，而且沒有樓梯，只要用手推車，運送金魚就很容易了。」

「那堤馬你知道犯人是誰了嗎？」

面對美思的提問，堤馬抱着手肘，稍微思考了一下。

「知道了泳池的金魚是由這裏運過去，還不足以鎖定犯人。不過，我腦內已有假設。待我先完成這邊的事，我們就返回學校去確定一下。」

「這邊的事？什麼事？」

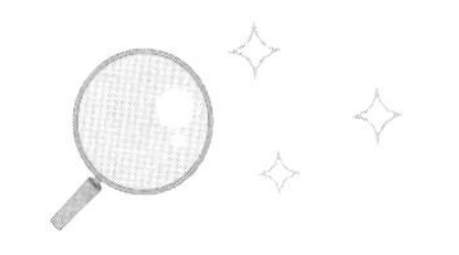

美思歪着頭問。

堤馬微笑着回答：「當然是好好享受祭典啊！」

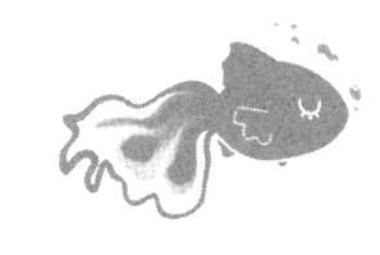

4 晚上的地藏菩薩

「呼，肚子好脹，有點辛苦啊。」

頭上掛着狐狸面具的美思，輕輕揉着被浴衣包裹着的肚子。

「因為你吃太多了啊。」

聽到我說的話，美思鼓起腮幫子。

「可是祭典賣的食物真的太美味了！就算同樣是炒麪，也跟家裏弄的完全不一樣，一定是因為由專業廚師煮的啊。」

「不，味道大概是一樣的，只是在祭典這種節日氣氛下進食，就會有特別的感覺，這種精神上的調味料，會令你覺得特別美味。」

走在前面的提馬又在說些難懂的話了。

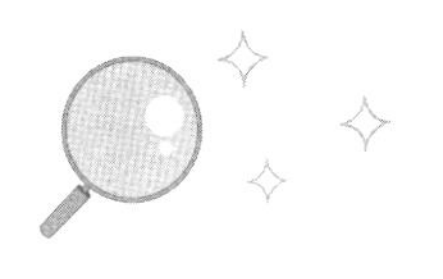

「唔……你是指跟朋友一起吃東西會特別好吃的意思？那堤馬也覺得好吃吧？」美思稍微歪着頭問。

「嗯，好吃啊。」

我們把攤檔賣的食物，如炒麪、章魚燒、冰糖蘋果、巧克力香蕉、法蘭克福腸、棉花糖……全都塞進肚子裏，直到吃不下為止。還盡情玩了射擊遊戲、抽獎等活動。

在祭典玩了一小時左右，我們帶來的零用錢也花光了。這時，堤馬說：「是時候走吧？」

然後，我們就離開了燈火通明的神社，回到距離只有三分鐘步程的學校。

我看看手腕上的手錶——那是我十歲生日的禮物，剛過了晚上

八時半。平日在午飯時間，學校操場總是擠滿了學生，有的玩躲避球、有的踏單輪車或玩其他活動，可現在這兒卻變得很暗很靜，靜得讓人有不舒服的感覺。

「我們在這個時間進入學校，會不會被罵的？」我縮着脖子問。

「沒事的，理君。我們是受真理子老師所託，要調查『金魚泳池事件』啊，也就是說，我們是得到老師允許的。而且，這次說不定可以多解決一件事。」

「多解決一件事？」我反問。

「你立即就會知道了。」堤馬又再露出一副惡作劇的樣子。他把手指放在嘴上，作出「噓」的手勢。

「咦？泳池不是在這邊嗎？」美思問正走向操場角落的堤馬。

「我不是來看泳池的。過來這邊吧。」

堤馬在外套口袋裏拿出了電筒筆，走進體育館旁邊的小路。

「這裏啊。」

堤馬一邊照着長滿雜草的黑暗小路，一邊引領我們前進。來到體育館旁，堤馬指着被磚牆包圍的地方。

那是地藏菩薩所在的位置。

「地藏菩薩？」美思眨了眨眼，堤馬用力地點頭。

「對，真理子老師委託我們調查的啊，她想我們找出推倒地藏菩薩的真兇。」

「不過，你不是說這很沒趣，拒絕了嗎？」

聽到我的話後，堤馬有點不好意思地搔着頭。「嗯，我的確是這樣說過，因為我最初以為只是有人惡作劇推倒地藏菩薩。但我可能錯了，因為金魚在泳池出現一事，我發現這可能不是單純的惡作劇，而是有重大意義的事情。所以，我們有必要前來調查。」

「不過，雖說是來調查，但這裏上鎖了，我們看不到裏面。」

我嘗試拉動磚牆上的鐵絲網門，可它卻一動不動。鐵絲網的格子很小，又不可能把手伸進去裏面打開鎖。

「沒有問題的，在外面打不開，在裏面打開就行了。美思君，拜託你了。」堤馬指着磚牆上面。在兩米高的磚牆上，有一道鐵絲網圍欄。

「好的好的，我肚子很脹啊，吃太飽就正適合運動呢。」

穿着浴衣的美思輕巧地跳起來，雙手抓住了鐵絲網圍欄，正準備跨過去的時候……

「啊，等一下！」堤馬慌張地叫。

正準備跨進圍欄裏的美思停止了動作，稍微歪着頭問：「怎麼

了？」

「你可以幫我查看一下那一帶嗎？」堤馬用電筒筆照射着圍欄。

「調查嗎，這裏可沒什麼特別……」美思說到這裏時，突然低聲慘叫了一下！

「怎麼了，美思？沒事嗎？」我慌忙問。

美思用顫抖的手指着圍欄上方凸出來的鐵絲，斷斷續續地說：

「這裏……有些紅色……應該是血啊……」

我不禁高叫出來：「什麼？」

我走近磚牆，仔細看着，如美思所說，鐵絲有着血紅的顏色。

「果然如我想的一樣！」堤馬大叫。

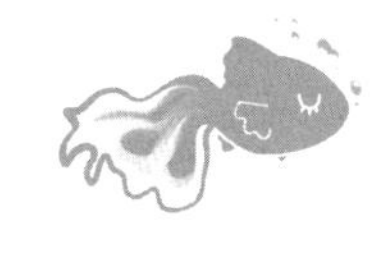

「你說如你所想，難道你是早已知道這裏會沾了血嗎，提馬？」美思用沙啞的聲音問。

「我才不會預先知道，只是，如果我的想法正確，那麼那兒就會留下有人受傷的痕跡。看來，我的推斷果然是正確的。」

提馬不斷點頭稱是，一副滿足的樣子。「好了，美思君，圍欄就已經夠了，可以請你到裏面打開門鎖嗎？」

美思按照提馬的要求，跳進磚牆內側，打開了門鎖。

「謝謝你，接下來要做最後的確認。」

打開門後，提馬輕快地踏着小碎步走進去。我在什麼也不知情的情況下，跟着他進去了。

被磚牆包圍的空間內，有一個小小的石製神壇，裏面有個五十

厘米左右高的地藏菩薩像。

「果然是一百五十年前的東西，它相當古舊呢。」堤馬走近神壇，仔細端詳着說。

「不是說菩薩像被人推倒了嗎？」不知是不是被圍欄上的血漬嚇到了，美思小聲地問道。

「是老師他們把菩薩像放回原位吧？如果由得菩薩像倒在地上，會遭天譴的吧？」

堤馬在外套口袋拿出放大鏡。

「嗯，這個小神壇是按照地藏菩薩的尺寸而造的吧。你看，菩薩像剛好可以放進去，完全沒有縫隙。如果我的推理正確……」

堤馬邊自言自語，邊拿着放大鏡觀察地藏菩薩腳下的位置。

不久後，堤馬的臉頰開始微微顫抖。

「哈哈……啊哈哈……啊哈哈哈！」堤馬突然大笑起來。

我和美思對望了一眼，然後歎了口氣。堤馬每次解開謎團後，都會像這樣子興奮起來，情緒極度高漲，還會說出一些奇怪的話。

「你知道些什麼了嗎，堤馬？」

聽到美思的話後，堤馬浮誇地張開雙手。

「當然，美思君。我們一直以來找到的證據，終於帶來了真相！換作是推理小說的話，現在是要進入『那個』經典場面了。」

堤馬打了個響指，高聲作出宣言。

我要向各位讀者挑戰。

現在已經集齊了解開
「金魚泳池事件」的線索了。

究竟是誰、又為了什麼……

要把金魚放進泳池裏呢？

我希望各位讀者也來解開謎題。
這是我向你們下的挑戰書，
期望你們可以好好推理。

5 金魚是誰放的？

「喂，堤馬，你是時候告訴我們了吧，快說啊！」

翌日午飯時間，美思在堤馬後面不斷搖晃着他，要他揭露謎底。

「啊，住手啦！美思君，我都看不到小說了，我正看到最精彩的部分啊。」

堤馬邊拿着《東方快車謀殺案》的小說，邊抗議着。

「你想我住手的話，那你快解釋『金魚泳池事件』！你已經知道是誰和為了什麼而做出那種事吧？」

美思更加激烈地搖着堤馬。

堤馬在昨晚宣布了「給讀者的挑戰」後，就以「已經很晚了，

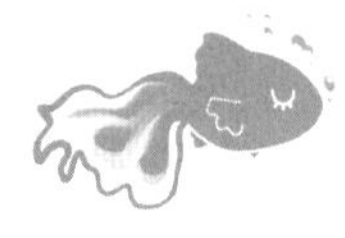

我們回家吧」為藉口，離開了地藏菩薩的神壇。

我們當然不停追問他：「告訴我們查出了些什麼啊！」但提馬只笑說：「現在還不是公開真相的場合，等到明天吧。」

提馬每次解決了神秘事件之後，都愛像這樣子裝模作樣。

雖然我們也很想知道「金魚泳池事件」的真相，但就如提馬所說，那時候已經超過九時了，不快點回家，媽媽會很生氣，所以我和美思只有無奈地回家。

「你說過今天會告訴我們的，你答應過我們的啊！」

美思仍繼續搖晃着提馬，不滿地撅起嘴巴來。

看來提馬放棄看書了，他突然合上小說，並揚起了手。

「唏，早乙女同學。」

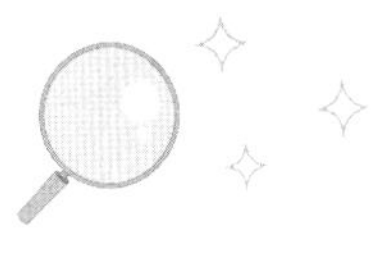

正在稍遠處跟其他女同學聊天的早乙女同學臉上帶着困惑，回頭看堤馬，她快步走過來，而她今天也是穿黑褲子的。

「什麼事，十堂同學？」

「早乙女同學，你最近開始養黑色的小貓吧？」

聽到堤馬的話，早乙女同學驚訝地眨着眼睛。

「你怎麼會知道的？我有說過嗎？」

「你沒說過，可是我知道。不過，小貓很可愛的吧？」

「嗯，真的很可愛，牠還跟我一起睡呢。」

早乙女同學一臉幸福地笑着。

「可以讓我們見見那頭小貓嗎？美思君剛才就一直吵着想跟小貓玩，好煩人啊。」

突然被提馬指名的美思，呆呆地指着自己：「咦？我？」

「可是，因為貓咪還小，所以不可以帶去別人的家啊……」早乙女同學不知所措地說。

「對啊，那麼我們可以拜訪早乙女同學的家嗎？我們想見見小貓，還有些話想跟你說。」

「可以是可以……」早乙女同學小聲地說。

提馬一臉高興地合十雙手，發出「啪」的一聲。

「那麼，我們就說好了啊，期待放學後到你家去！」

「嗯……」

早乙女同學有點不安地點點頭，回到女同學們那邊。

不知是否因為看到早乙女同學不安的樣子，提馬突然說：

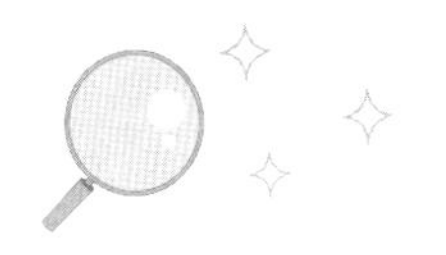

「啊，對了。」

「重田同學好像住在你的隔壁吧？如果可以的話，也叫重田同學一起來啊，人多才開心嘛。」堤馬興奮地說，可是早乙女同學卻不知為何臉色都變青了。

「嘩，好可愛啊！好像毛公仔啊！」美思邊搖着逗貓棒邊說。美思面前，有一頭小得像是可以放到手掌心的黑色小貓，奮力想抓住逗貓棒。

在地毯上跪坐着的我，只敢轉動眼珠觀察四周。我們來到了早乙女同學的家，她的房間非常寬廣，有粉紅色的牀、書桌、書櫃、茶几，還有很多毛公仔。雖然美思很興奮，但是房間裏的氣氛非常沉重，坐在茶几對面的早乙女同學一直低着頭，而坐在牀上的重田則一臉陰沉地抱着胳膊。

我用眼角偷看堤馬。他穿着棕色格子外套，頭上戴着稱為獵鹿帽的帽子，一身「大偵探」打扮，正在大口吃着早乙女同學的媽媽為我們準備的曲奇餅。

「喂，你玩夠了吧！」重田不知是不是受不住沉默，以低沉的聲音說，「你們三個來小華的家，究竟是想幹什麼？」

「我說過啦，就是來跟小貓玩啊。」堤馬把手上的曲奇餅放進口中。

「不要說笑了！」重田高聲說。

早乙女同學被嚇到了，顫抖了一下，小貓尾巴的毛都豎起來了。

「不可以這樣啊，重田同學，這樣會嚇壞小貓的，噢，牠真可憐啊。」

聽到堤馬的指責後，重田立即粗魯地搶白：「想看小貓的話，沒必要把我也叫來，你們究竟有什麼目的？」

「想看小貓是真的，因為我有想確認的事情。」

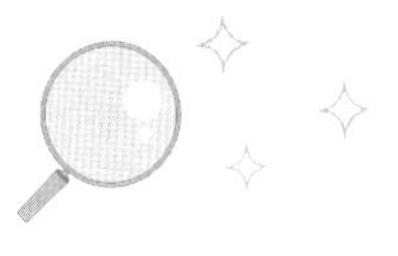

「想確認的事情？」

重田的眉頭微微抖動了一下。

「嗯，對啊。」

堤馬伸出手，把正在跟美思玩的小貓抱起，放在膝蓋上，開始撫摸牠的喉頭。小貓一副舒服的樣子，發出咕嚕咕嚕的聲音。

美思被搶走了小貓，禁不住投訴說：「牠正在跟我玩的！」

「真是隻很可愛的小貓啊，不過牠這麼小，應該只有一個月大吧？如果是的話，那就不是在寵物店買來的。」

「咦？你怎麼知道的？」我歪着頭問。

「照顧這麼小的貓咪要花費很多精神和時間的，而且小貓的身體還很虛弱，所以寵物店只會賣大一點的貓狗。也就是說，這小

貓是在外面拾到的。」堤馬撫摸着小貓的頭，「你給一個大好人拾到，真是太幸運了。」

「我問你，究竟有什麼目的啊？」重田粗魯地問。

「想確認我的推理是否正確啊。」堤馬把小貓輕輕放在地上。

小貓喵喵地叫着，跑到早乙女同學身邊，蜷縮成一團。

「推理？你從剛才就在胡説些什麼？還有你那身古怪的打扮是幹什麼？」

「這是大偵探的制服啊。我是大偵探，正在調查真理子老師拜託我的某宗事件。」

「事件……」

重田皺起眉，堤馬卻抬抬下巴。

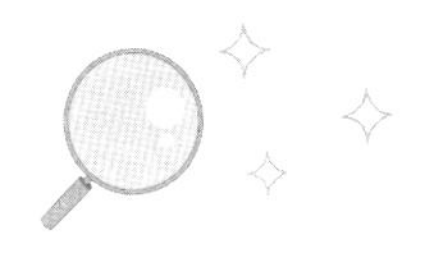

「對，就是『金魚泳池事件』啊。」

接下來的一瞬，重田霍地站起來了。

「你怎麼了，重田同學？」

聽到提馬的問題，重田用力地揮着手。

「我要走了！我才沒空陪你玩什麼偵探遊戲！」重田說完，就走向房門。

「理君，幫我阻止重田同學。」

「咦？為什麼？怎麼阻止他？」我理解不了事情的進展，完全處於混亂狀態。

「為了解決事件，必須要阻止重田同學，至於用什麼方法，就你自己決定了。」

沒法子了⋯⋯

我站起來，站在重田和房門之間。

「讓開，柚木，否則⋯⋯」重田伸出手打算推開我，我抓住他的手，在他的手肘關節上輕輕施以身體的重量，用腳抵着重田向前倒下的身體，在不讓他受傷的情況下把他按在地上。

「你在幹什麼！放開我！」伏在地上的重田，雙腳不停掙扎，可是因為手肘和肩膀被我按着，所以無法起來。

「對不起，可是，你不會痛吧？我正在用的是不會弄痛人的招式。」我向重田道歉。

重田漲紅了臉，說：「你幹這樣的事，以為會沒事嗎？你機靈的，就立即放了我，我要回家了！」

在重田怒罵的同時，堤馬站起來走近他。堤馬彎下腰，看着重田的臉。

「如果你回家，我就立即回去學校，告訴真理子老師事件的真相，告訴她是誰把金魚放進泳池裏。這樣也行嗎？」

一直用力掙扎着的重田停下來了。

他擺出一副兇狠表情，思考了十數秒後，終於開口：「……我明白了，我只要聽你說的話就行了吧？先放開我吧！」

聽過重田的話，堤馬跟我打了個眼色。

我一放手，重田就一副煩躁的樣子站起來，然後回到牀邊坐下。

看到重田那個樣子，我就在想，他聽到「金魚泳池事件」立即就說要回家。那就是說，重田早已知道泳池有很多金魚，而令游泳

課取消一事。那樣的話，重田就是真兇了吧？

也對，平時已有點頑皮的重田，他會做出這種惡作劇一點也不奇怪。

「好了，終於來到了高潮。」堤馬稍微整理外套衣領說。

終於來了！

終於要知道「金魚泳池事件」的真相了！

我吞了一下口水，集中聽堤馬的「台詞」。

「在前晚，有人把許多金魚放到泳池裏去，也因此，令昨天的游泳課取消了。這件事情的真兇，現在正身處這個房間裏。」

堤馬輪流看着我們幾個。

真兇就在這個房間裏。

這麼說，犯人果然是重田。

正當我這麼想的時候，堤馬肯定地指着某人說：「把金魚放進泳池的人，就是你——早乙女華同學！」

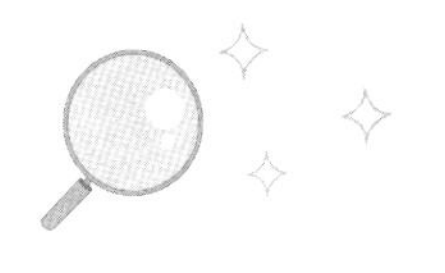

6 大偵探的推理

「小華是犯人？」美思驚訝地問。

我也因為太過意外，所以只懂張着口、呆若木雞。

「對啊，早乙女同學就是偷了祭典的金魚、放到泳池裏的人。」

就在提馬一臉得意地說出這句話的時候，突然有人大聲地叫喊出來：「不對！」

回頭一看，原來是重田，他指着自己說：「是我，把金魚放進泳池的是我！」

「是你？」

提馬瞇起眼看着重田。

「那麼，重田同學你是因為什麼而做這種事？」

「那……那是因為……我想惡作劇……覺得泳池裏面有金魚好像很有趣……」重田低聲地說。

「不，不對。犯人留下了錢才拿走金魚的，那些錢足以買數十尾金魚，這可是我們這些普通小學生付不起的一大筆錢，我不認為犯人單純為了惡作劇會願意付上這筆錢。而且，重田同學不是一有零用錢就立即用光的嗎？你之前說過自己完全沒錢的啊。」

聽到提馬的說法，重田只發出「呃」的一聲，就完全無法回應。

「不過，那樣的話，小華不是也一樣嗎？難得儲起來的零用錢，為了惡作劇而用光了的話，不是太可惜了嗎？」

聽了美思一口氣說出的話，提馬搖搖頭。

「這不是惡作劇啊，早乙女同學有不得不把金魚放進泳池的原因。對吧，早乙女同學？」

堤馬向着早乙女同學問，可是她只低着頭，沒有回話。

「你說把金魚放進泳池是有原因的？那是什麼？」美思整個人向前傾。

「美思君，你仔細想想，泳池因為有金魚而導致了什麼事？」

「導致了什麼事……」美思不禁把手放在嘴邊。

這時我屏住了呼吸，但突然想起了什麼，大吃一驚地說：「游泳課取消了！」

「正是如此！」堤馬打了個響指。

「因為泳池有金魚，所以不能游泳了。而昨天有游泳課的就只

有我們這一班而已。想到這裏，我就發現了，犯人可能只是想令昨天我們班的游泳課取消而把金魚放進泳池裏。」

「就算這樣，犯人也不一定是小華啊！」重田反駁說。

「不，是她。回想一下昨天在課室的情形吧。預備鈴聲響起的時候，就只有我們五個還在課室。女生因為換泳衣的時間比男生長，所以全都到更衣室了，就只有早乙女同學還留在課室。」堤馬瞄了一下早乙女同學發青的臉，繼續說下去，「美思君就因為太過期待上游泳課，所以早就把泳衣穿在外衣下，可是，早乙女同學並不是會做這種事的人，也即是說……」

堤馬把食指舉到臉的旁邊。

「早乙女同學早就知道，游泳課會取消。」

早乙女同學邊聽着，輕輕倒抽了一口氣。

「留在課室的不只是小華，還有我，而且你們兩個男生也在！」重田用高亢激動的聲音反駁。

堤馬收起下巴，說：「對啊，那也很奇怪。我和理君本來就不喜歡上游泳課，所以會盡量留到最後一刻才去換衣服。可是，運動全能的重田同學你是最喜歡體育課的，本該跟其他男生一樣，會盡快到更衣室換衣服，而你當時卻在課室待着。而且，在聽到游泳課取消時，也沒有像其他男生那樣不滿。」

「咦？什麼意思？」不知是否開始感到混亂了，美思托着頭問。

「不單是早乙女同學，重田同學也一早知道泳池有金魚一事，所以在某程度上來說，他們是同謀。」

友
友
友
友
友
友
時間わり
月 火 水 木 金

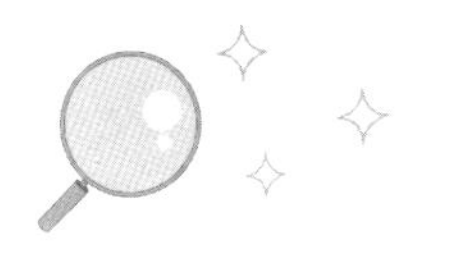

「同謀……」

我不斷重複着這個詞語，一邊輪流注視早乙女同學和重田。

他們都一副沉重的表情，陷入了沉默之中。

「可、可是，為什麼要這樣大費周章去令游泳課取消呢？」

「美思君，游泳課跟其他課堂最大的分別是什麼？」

美思的問題，被堤馬以另一個問題來回答了。美思皺着眉想了一會兒，沒太大信心地說：「……要穿泳衣？」

「答對了！」堤馬指向美思說，「為了避免穿泳衣，所以才把金魚放進泳池。」

「咦？那是因為小華穿泳衣會感到害羞，所以才做那樣的事情嗎？」

「不對，體弱多病的早乙女同學經常缺席體育課，如果她覺得害羞不想穿泳衣的話，只要不上體育課就行了。可是，如果平時不生病的學生不上游泳課，老師們就會懷疑發生什麼事了。」

聽着堤馬解釋的美思和我，看着坐在牀上的重田正露出一副難看的表情。

「對！」堤馬大聲地補充，「早乙女同學想避免的，是重田穿泳褲。因此，她付出儲下來的零用錢，『買下』了大量金魚，再努力用手推車把牠們從神社運到學校，再放進泳池裏。」

「可是，如果重田穿泳褲的話，會為早乙女同學帶來麻煩嗎？」我還是未能明白究竟發生什麼事了，所以抱着頭説。

「理君，你想想看，我在這個星期除了要調查『金魚泳池事

件』外，還被委託調查什麼大事件？」堤馬張開雙手說。

「你難道是說……地藏菩薩事件？」

「就是這個。有人攀過磚牆、把珍貴的地藏菩薩像推倒，這宗會受天譴的事情引起了很大的問題。而我們昨晚調查時，發現圍欄上有血漬。」

「那麼，那些血漬是……」

在我的凝視下，重田合上了眼。

「對，那是重田同學的血漬。應該是他打算跨過圍欄時，被凸出的鐵絲勾到受傷的。看到現場的血量，他應該是受了蠻重的傷。重田同學，如果你不介意的話，可以讓我看看嗎？」

聽到堤馬的話，重田咬一咬唇，慢慢捲起了汗衫。重田的側腹有一條約長二十厘米、長着肉痂的傷痕。

看到重田的傷口，美思本來已很大的眼睛，睜得更加大了。

「啊，好大的傷痕啊！就算是再頑皮的男生，如果老師看到這麼大的傷痕，也一定會問發生什麼事，而地藏菩薩像一事也會穿幫。老師他們一定有發現到圍欄上有血啊！」

「就是說，重田為了隱瞞惡作劇一事，所以就命令小華，阻止我們班上游泳課嗎？」美思怒視着重田。

這個時候，突然有人高聲喊叫：「不是的！」

定睛一看，原來是一直低着頭的早乙女同學在說話。她雙眼充滿了淚水，雙手握着拳。

「太一沒有錯，全都是我害的，全部都是我拜託他做的。」說

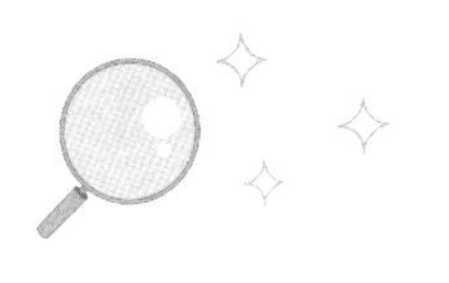

着這句話的早乙女同學，雙手掩着臉，開始哭起來。

「你說是你害的，這是什麼意思……」美思一副疑惑的樣子，看着雙肩在顫抖的早乙女同學。

「重田同學並不是因為惡作劇而跨過磚牆和推倒地藏菩薩像，他這麼做，是有原因的。」提馬說。

我禁不住問：「有原因？」

「你還記得上星期有傳聞說地藏菩薩哭泣嗎？」

「嗯，記得。不過那一定是風聲或什麼吧……」

「那不是風聲。不過，早乙女同學聽到傳聞，也在疑惑地藏菩薩是不是真的會哭。當她走到菩薩像前細心聆聽後，卻發現在哭的不是菩薩，而是另一種生物。」

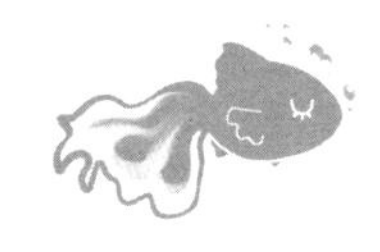

「另一種生物……是什麼？」我悄悄問。

堤馬指着正在哭泣着的早乙女同學膝上，那隻正用臉蹭着她、如布偶般的小生物。

「貓咪？」我和美思齊聲問。

「嗯，對啊。牠一定是跟媽媽失散了，所以在圍欄下面鑽進去，

然後躲在裏面。因為貓咪都喜歡狹窄的空間。」

「你說的狹小空間，難道是……」美思驚訝地說着。

堤馬用力地點頭說：「嗯，就是地藏菩薩像後面。重田同學受了傷，仍然跳進磚牆內側救出小貓，可是，為了抓住貓咪，不小心就撞倒地藏菩薩像了。」

「本來只要把菩薩像放回原位就行，可是重田同學一來受了傷，二來為了不讓辛苦抓住的小貓逃脫，所以當時他們也沒想那麼多吧。」

堤馬走近早乙女同學，在她的旁邊輕輕撫摸小黑貓的頭。

「就這樣，被救出來的小貓，就來到了早乙女同學的家。可是，地藏菩薩一事，就如校長在早會所說成為了大問題。如果上游

泳課的話，老師一定會發現重田身上的傷痕，他也一定會被老師責罰。為了避免這事發生，早乙女同學就製造了『金魚泳池』令游泳課取消。這就是事情的真相了！」堤馬張開雙手，高聲地說。

面對這令人意外的真相，以及如此精彩的推理，都令我和美思說不出話來。

房間裏，只剩下早乙女同學的低泣聲。

「喂……」重田以抑壓着的聲音打破了房間的沉默，「你接下來會怎麼做？會對真理子老師說出事情是我們做的嗎？」

「告訴真理子老師？你在說什麼啊，我才不會幹這種事啊。」

聽到堤馬的話，早乙女同學不禁抬起頭來，說：「……什麼？」

「可是真理子老師不是拜託十堂你去找出『金魚泳池事件』和『哭泣的地藏菩薩事件』的真兇嗎？」

聽到重田的問題，堤馬站起來，左右搖動着食指。

「你搞錯了，重田同學，真理子老師只是拜託我找出推倒菩薩像和把金魚放進泳池的『惡作劇』的『犯人』。可是，你和早乙女同學所做的，決不是『惡作劇』。重田同學為了救小貓而不惜受傷、早乙女同學也只是為了幫助重田同學，所以你們不是『犯人』。」堤馬看着一臉疑惑的重田和早乙女同學，認真地說，「你們所做的沒有錯，所以不需要被責罰。我說出我的推理，本來只是想讓你們減少擔心，所以你們就放心吧。」堤馬溫柔地微笑着。

「……謝謝你，十堂。」

「謝謝你……十堂同學，真的很感謝你……」

重田和流着淚的早乙女同學向堤馬道謝後，堤馬轉向我和美思說起話來：「好了……」

「既然我們看小貓的目的已經達成，那我們也該回家吧。重田同學、早乙女同學，那麼，我們明天學校見了。」

堤馬爽朗地說完，早乙女同學膝蓋上的小貓像回應似的「喵」了一聲。

終章

「今天的游泳課真開心！」解決了「金魚泳池事件」後的一星期，美思在放學後這樣説。

和美思相反，我和堤馬只能伏在吧枱上。因為很久沒有游泳，所以我們已用盡體力，無力再活動。

今天的游泳課，重田也有參加。他側腹上的肉痂已消去，只留下淺淺的傷痕。重田本來就好動活潑，身上總有很多傷痕，所以誰也沒注意過那道新增的疤痕。

在那之後，真理子老師也多次問過我們調查有何進展，堤馬每次都答：「就跟地藏菩薩像的事件一樣，有人惡作劇了。」

不知老師是否接受了這個解釋，還是因為太忙而忘記了，到了這個星期，她就沒有再提「金魚泳池事件」了。

至於那些被放進泳池的金魚，全都被老師撈起來，分配給想要金魚的同學。

「說起來，我會去小華的家跟小貓玩，你們要一起來嗎？」美思興奮地說。

自從那一天起，美思跟早乙女同學變得更加親近了。

「那我也去吧，那小貓真的好可愛啊。堤馬你去嗎？」我問。

堤馬聳了聳肩，說：「感謝邀請，但我不去了。我們也養了新的寵物，我只是邊看着牠們，邊看書就很快樂了。」

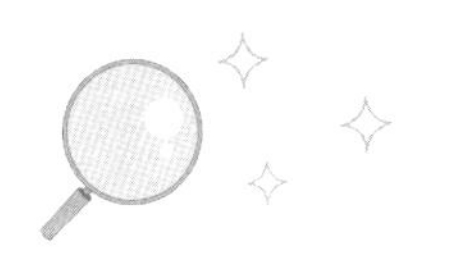

堤馬輕撫着放在吧枱上的球狀玻璃。

在裝滿水的玻璃球魚缸裏，數尾顏色鮮豔、像寶石一樣的金魚，自由自在地游來游去。

第一冊完

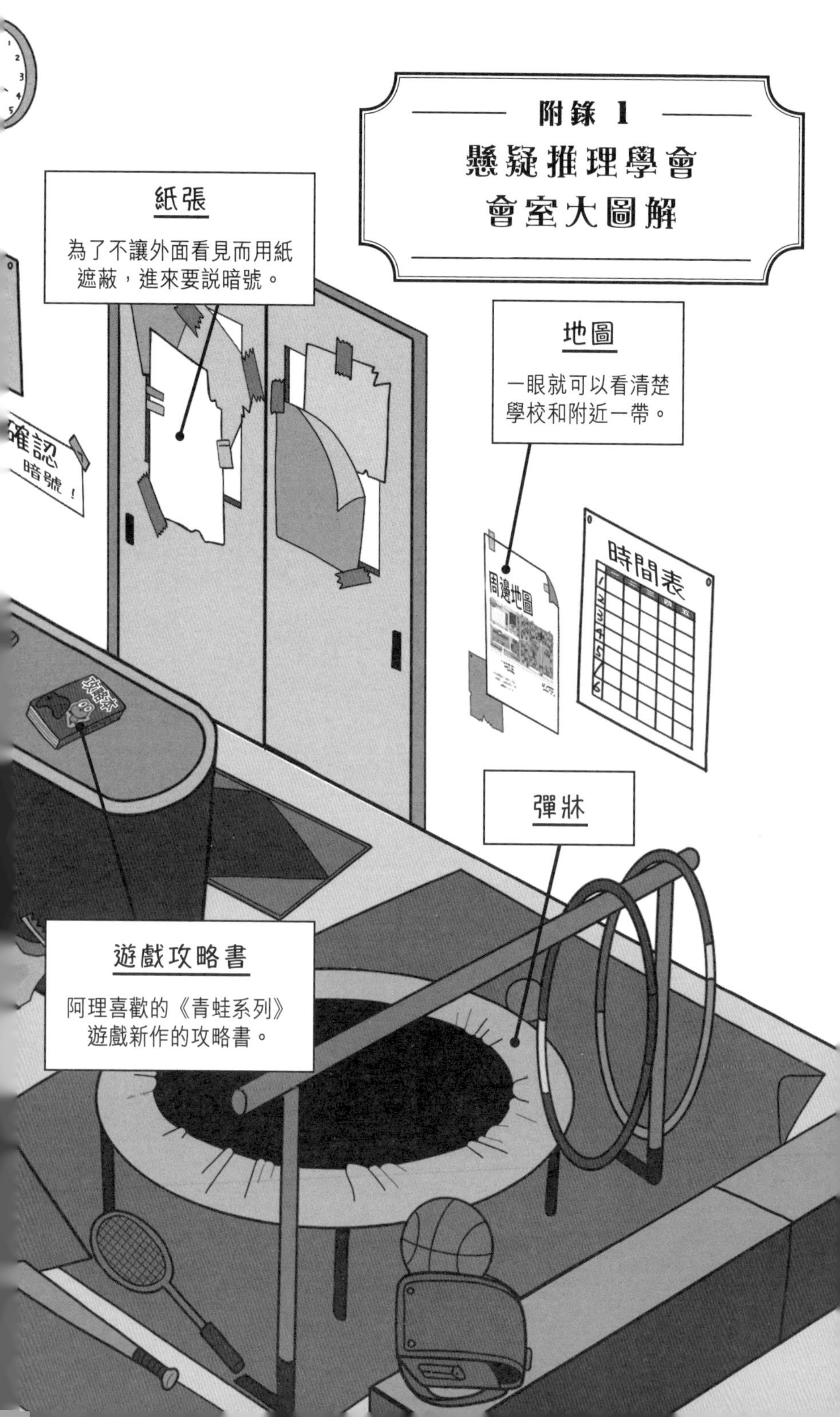
附錄 1
懸疑推理學會
會室大圖解
紙張
為了不讓外面看見而用紙遮蔽，進來要説暗號。
確認
暗號！
地圖
一眼就可以看清楚學校和附近一帶。
周邊地圖
時間表
彈牀
遊戲攻略書
阿理喜歡的《青蛙系列》遊戲新作的攻略書。

推理小說
也有少量漫畫。
保温瓶
裏面是飲水機的冷水，
今天已經添了五次水。
布娃娃
美思小時候很愛玩
的熊娃娃。
POTATO
吧枱
偵探用具
協助推理之用。
桌上遊戲
房裏還有各種款式的
桌上遊戲。
自動點唱機

附錄 2
懸疑推理三人組
個人檔案

喜歡的顏色 黑色

喜歡的食物

咖喱飯

喜歡的科目 國語

如何度過假日

在爺爺的道場練習合氣道，也經常玩遊戲機。

柚木理

8月3日出生

喜歡的顏色 櫻花色

喜歡的食物

巧克力

喜歡的科目 體育

如何度過假日

跟朋友到外面玩。

神山美思

3月3日出生

喜歡的顏色 緋紅色
（混有黃色的深紅色）

喜歡的食物
烤牛肉

喜歡的科目 數學、科學

如何度過假日
在圖書館看推理小說，
或是購買偵探道具。

十堂堤馬
1月6日出生

重田穿的是流汗後也能保持清爽的汗衫及短褲；鞋子很輕，方便他快跑。

服裝介紹

最重要是方便活動！美思最愛這個有貓咪標誌的品牌。

堤馬對偵探服以外的服裝沒興趣；他的鞋子看來像是有鞋帶，但其實那是橡筋。

這是流行的半拉鍊上衣，簡單又時尚，而且方便活動。

不論是襯衫還是裙子，小華都喜歡輕盈舒爽的物料；她通常穿皮鞋來配搭。

附錄 3
堤馬的推理小說推介

《巴斯克維爾的獵犬》

柯南・道爾　著

英國西南部一個莊園的巴斯克維爾家族有一個魔犬傳說，傳聞那頭魔犬的口會噴火，牠全身被藍色火焰包圍。有一天，這家族的主人突然神秘死亡，而在屍體旁邊，竟然有一個巨大的魔犬腳印。大偵探福爾摩斯接手調查，破解這個被詛咒的不祥家族的謎團。

出現頁數
第17頁

我最尊敬的大偵探
福爾摩斯大顯身手！

《一個都不留》

阿嘉莎·克莉絲蒂　著

十名互不相識，年齡、職業全都不同的男女獲招待到英國一個小島，他們十人如童謠《十個小士兵》的內容那樣逐一被殺。究竟犯人是誰？最後能活下來的又是誰？

出現頁數
第45頁

這是全球暢銷的推理作品！

《東方快車謀殺案》

阿嘉莎·克莉絲蒂　著

在風雪中行走的豪華包廂火車「東方快車」竟然意外地滿座，它行駛途中因為雪崩而被迫停駛，這期間卻出現了謀殺事件。偶然坐上這列車的大偵探白羅決意調查並解決案件，卻發現所有乘客都有不在場證據。書中的結局出人意表！

出現頁數
第112頁

大偵探白羅系列的傑作！

書後隨筆

知念實希人

當我還是小學二年級學生的時候，發現家裏收藏了很多古老的小說。有一天，我隨意拿起了一本書來看。書上刊載的都是經典故事，如《老人與海》、《在輪下》、《我是貓》等等，可是對仍是小孩的我來說，這些書都太深奧難懂。

正當我覺得太沒趣、要把書放回去的時候，我被目錄上的《怪盜亞森．羅蘋系列：奇巖城》吸引住。因為我很喜歡《雷朋三世》*這套動畫，所以就試讀了《奇巖城》這故事。

故事先從名畫被盜的事件開始，再發生謀殺案，最後主角亞森．羅蘋更在他隱居之處——奇巖城，與福爾摩斯對決。我讀着讀

* 這是主角的名稱。「雷朋」即「羅蘋」，只是翻譯用字不同，另外有譯名是「魯邦」。

着，完全忘卻了時間。

我從《奇巖城》發現了閱讀的樂趣，從此每天都看小說，如《亞森．羅蘋系列》、《福爾摩斯系列》等等。

在閱讀小說期間，我進入了小說世界，飛到了外國、荒島、海底、恐龍時代的地球、宇宙邊端等地方冒險，得到興奮緊張的體驗。

正因為有這樣的經驗，我現在才會在當醫生的同時，還當一個小說家，從事創作故事的工作。

閱讀一定會令人生更加豐盛，會為生活帶來更多樂趣。

希望我的《放學後懸疑推理學會》也會像當年啓發我的《奇巖城》一樣，讓大家領略到閱讀的樂趣和魅力。

作者：知念實希人

1978年於日本沖繩縣出生。在東京慈惠會醫科大學畢業，現為日本內科學會註冊醫生。2011年，以作品《Raison d'etre存在之理由》得到「島田莊司選第四屆薔薇的城市福山推理文學新人獎」；2012年，他以同一作品改名為《為誰而握的刀刃》出道。後來他又創作了「天久鷹央」這受讀者歡迎的系列，2015年憑《假面病棟》（中文書名：《暗黑病院》）獲得「啓文堂書店文庫大獎」，成為暢銷書。其後再憑《抱住我崩潰的大腦》、《縫合人心的手》、《無限的i》、《玻璃塔謎案》，分別於2018年、2019年、2020年及2022年獲提名「本屋大賞」。他的作品繁多，是現今大受讀者歡迎及備受注目的推理小說作家。

繪圖：Gurin.

1996年出生。現居於日本神奈川縣的插畫家。從2020年起以自由工作者身分活躍於行內，工作範圍包括精品角色設計、商品插圖、MV插圖等等，擅長創作流行文化插畫。

放學後懸疑推理學會 1

金魚泳池事件

作　　者：知念實希人
繪　　圖：Gurin.
翻　　譯：HN
責任編輯：黃碧玲
美術設計：徐嘉裕
出　　版：新雅文化事業有限公司
香港英皇道499號北角工業大廈18樓
電話：(852) 2138 7998
傳真：(852) 2597 4003
網址：http://www.sunya.com.hk
電郵：marketing@sunya.com.hk
發　　行：香港聯合書刊物流有限公司
香港荃灣德士古道220-248號荃灣工業中心16樓
電話：(852) 2150 2100
傳真：(852) 2407 3062
電郵：info@suplogistics.com.hk
印　　刷：中華商務彩色印刷有限公司
香港新界大埔汀麗路36號
版　　次：二〇二三年十一月初版

ISBN: 978-962-08-8281-4
Houkago Mystery Club 1 Kingyo No Oyogu Pool Jiken

18/F, North Point Industrial Building, 499 King's Road, Hong Kong
Published in Hong Kong SAR, China
Printed in China